KB180891

한국 희곡 명작선 144

저마다의 천사

한국 희곡 명작선 144

저마다의 천사

김나정

평민사

김나정

저마다의 천사

물 먹는 소 목덜미에
할머니 손이 얹혀졌다

이 하루도
함께 지났다고

서로 발잔등이 부었다고
서로 적막하다고
　-김종삼,
　〈묵화(墨畵)〉

등장인물

안젤라
수호천사

곳

하천 옆,
허름한 소 허파 전골 식당
무대 오른편은 좌식 룸.
안젤라의 생활공간이자 작업 공간으로, 이부자리가 깔렸고
야채 소쿠리며 마늘 절구 등이 놓여 있다.

촛불이 일렁인다.

낮은 탁자 앞에 앉아 기도하는 안젤라.

안젤라   언제나 저를 지켜주는 수호천사님,

　　　　인자하신 당신께, 저를 맡기오니

　　　　부디 저를 비추고 인도하여….

밖에서 들려오는 여자의 비명 소리.

안젤라, 눈을 뜬다.

여자목소리   너, 이 미친 변태 새끼, 너 아주 딱 걸렸어!

무대 전면으로 바바리를 입은 남자, 등장한다.

개천에 빠진 듯 몰골이 추레하다.

남자, 허둥지둥 모습을 감춘다.

안젤라, 절름거리며 출입구로 향한다.

셔터가 출렁거리는 소리.

안젤라, 빗자루를 집어 든다.

셔터 아래로 기어 들어오려는 남자

안젤라, 쥐를 쫓듯 빗자루로 셔터 아래를 휘젓는다.

안젤라   가! 가라고! 신고하기 전에 썩 꺼져!

셔터가 격렬하게 움직인다.

남자목소리 안젤라여! 안젤라여!

자신을 부르는 소리에 안젤라가 멈칫하는 사이에,
바바리 남자, 셔터 아래로 기어들어온다.
안젤라가 빗자루를 휘두른다.

안젤라 여기가 어딘지 알고 기어들어와.

남자, 구석에 웅크린다.

남자 두려워마라.
안젤라 이 미친놈이 뭐라고 씨부려.

남자 그대가 나를 불렀지 않은가, 안젤라여. 내 그대를 구하고
자 먼 길을.
안젤라 어디서 내 이름은 주워듣고. (빗자루를 치켜드는데)
남자 김만태. 열일곱 그대의 첫사랑.
안젤라 아니, 니놈이 만태 오빠 이름을.
남자 그 이마의 상처.

안젤라, 이마를 더듬는다. 남자, 몸을 일으킨다.

남자　자네가 주님의 품에 들어온 그해 여름은 유난히 더웠지. 성경학교를 마치고 논길을 걷다가 짝사랑하던 사내, 우편 배달하던 그 오빠. 쌍꺼풀에 하모니카를 참 못 불던 그 사내를 발견한 자네는 달음박질쳤지. 만태 오빠! (안젤라도 함께) 만태 오빠! 자전거를 타던 그 사내의 뒤를 쫓다가 자넨 논두렁에서 굴러 떨어져 돌에 찍혀 피가 철철 났지. 그 개구리 소리, 그 비명 소리, 그 매미 소리, 기억하나?

안젤라　(천사를 보며) 만태 오빠?… 날 데리려 온 거야? 그때 내 고백은 귓등으로 듣고 왜 이제 와서는

남자　아닐세. 만태 아니야. 그날 밤, 자넨 생사를 넘나들었지. 난 밤새 자네의 머리맡을 지키며 기도했네. 주여, 이 가련한 영혼을 지켜 주소서.

안젤라　오, 당신은… 당신은.

천사　안젤라, 내가 바로 그대의 수호천사라네.

　　　남자의 머리 위로 비치는 광휘,
　　　웅장한 음악, 울려 퍼진다.

안젤라　(무릎을 꿇고 성호를 그으며) 오! 천사님.

천사　(매무새를 가다듬고, 에코를 넣어서) 내 그대의 간절한 기도에 화답하여 이곳에 왔노라, 안젤라 자매여.

안젤라　오! 천사님. 오랫동안 당신을 기다렸습니다. (천사를 살피고는) 그런데, 그런데 아닙니다.

천사	말해보라, 안젤라여. 나는 그대의 수호천사, 무엇이든 들어주겠노라.
안젤라	아무래도 천사님이 천사님 같지 않으셔서. 생김새나 몰골이.
천사	개천에 곤두박질 쳐 알몸으로 추위에 떨다가 그 초록색 그….
안젤라	의류 보관함.
천사	그래, 거기서 꺼낸 걸 대충 걸치고 자네를 찾아 골목을 건는데, 어떤 자매가 날 보자마자 비명을 지르고 뭘 집어 던지며 소리를 질러대서.
안젤라	그런 차림새에 알몸뚱이니. 누가 봐도 변태지요,

안젤라, 수건을 천사에게 건넨다.

| 천사 | 변태? |

천사, 바바리를 펼치며 자기 몸을 살핀다. 흠칫 놀란다.

천사	아니, 이것은… 천사는 성별이 없거늘, 왜 이런 것이….
안젤라	(힐끔거리며) 천사님, 제 간절한 기도가 온전히 받아들여진 모양입니다.
천사	(수건을 목에 걸고) 그래, 내 그대의 기도에 응답하여 먼 길을 왔노라. 이제 말해보라. 나는 수고하고 애쓴 자네의 삶에

게 온 축복이니, 안젤라여, 말해 보거라. 그대의 소원을.

안젤라 천사님….

천사 (둘러보며) 생활 환경개선인가? (빗자루를 들고) 지옥의 입구에 들어선 듯 심상치 않은 냄새. 뭔가 썩고 있는 건가?

안젤라 제가 썩어 문드러졌죠. 예서 30년을 이러고 살았으니. 맞습니다. 소 허파 냄새가 독살 맞죠. 암만 양파랑 마늘, 파와 생강을 퍼부어도 숨겨지질 않아. 비린내와 누린내는 들숨과 날숨이 되어. (기침이 터져나온다)

천사, 안젤라를 가만히 바라본다.

천사 완전히 치유시켜주진 못해도 아픔을 달래줄 순 있다네. 내가 신이 아니라서 해줄 수 있는 일엔 한계가 있다네. 미안하네, 안젤라….

안젤라 그런 건 바라서는 안 된다는 거, 알고 있습니다.

천사 그럼, 자네가 원하는 게 마음의 평화인가?

안젤라 그쪽은 아닙니다.

천사 그럼 뭔가? 말해 보시게, 내 약속함세, 최선을 다해 그대의 소원을 이루어 줄 테니.

안젤라, 뭔가 우물우물 말한다.

천사 뭐라 했는가, 안젤라?

안젤라   (우렁차게) 오르가즘을 원하옵니다, 천사님.

천사, 멀거니 안젤라를 바라본다.

천사   … 지금 뭐라 했는….

안젤라   오르.가.즘. 뿅 가게 해 주옵소서, 천사님.

천사   (다급하게 성호를 그으며) 오! 주여. 왜 저에게 이런 시련을!

안젤라   천사님께서 원하는 건 뭐든 말하라 하셨지요. 들어주겠다고 약속….

천사   (우렁차게) 안젤라여!

안젤라   저, 귀 안 먹었습니다, 천사님.

천사   나는 천살세.

안젤라   저를 지켜주시는, 제 소원을 이뤄주시는 수호천사님이시죠.

천사   이보게, 안젤라. 알다시피 난 성직에 종사하네.

안젤라   천사님, 알고 오신 거 아닙니까? 지금 부러 모르는 척 하시는 거죠?

천사   내가 어찌 하느님과 자네 사이의 밀약을 알겠는가. 난 단지 자네 뜻을 이뤄 주라는 신의 명령에 따라.

안젤라   이뤄주시면 되옵니다.

천사, 당황하여 부산하게 움직인다.

천사   안젤라, 정 그… 그걸 원한다면 인간 사내를 찾지, 왜 군이

나를.

안젤라　천사님도 아시다시피 제겐 시간이 얼마 남지 않았습니다. 누굴 사귀고 코스를 다 밟아 뜻을 이룰 시간이 없습니다. 언제 고백하고 손잡고 입 맞추고… 급해요. 그러니까 속성으로.

천사　내 어떻게든 외롭고 급한 사내를 찾아 주겠네.

안젤라　됐습니다, 천사님. 남정네들은 절 여자가 아니라 말라비틀어진 할멈 취급하죠. 게다가 얽히면 얘기가 복잡해져요. 골 빠개질 일이 꼭 벌어질 겁니다. 게다가 이런 속내가 들통 나면 절 음탕한 할망구라고 입방아를 찧어댈 겁니다. 종점 허파 집 여편네가 노망났네, 노망났어. 고 배라먹을 년들이 주둥이만 살아서.

천사　안젤라, 듣기 고통스럽네.

안젤라　(다가가며) 오직 천사님만이 제 오랜 숙원을 이뤄주실 수 있습니다.

천사　(물러서며 성호 긋고) 모름지기 천사는 순결하며 정결하고.

안젤라, 천사의 아랫도리를 가리킨다.

안젤라 천사님도 보셨지요, 그것이 바로 신의 뜻입니다.

천사　(몸을 움츠리며) 오, 주님. 왜 저에게 이런 환란을.

안젤라, 평상에 앉아 무릎을 두드린다.

안젤라　일평생을 소처럼 일하다 이렇게 늙어버렸습니다. 감격도 없고, 환희도 없고, 황홀도 없는, 꾸역꾸역 살다가 썩어서 재가 될 이 몸뚱이가 가엾지도 않으십니까?

천사　나는 그대의 수호천사, 왜 모르겠나. 난 저 위에서 늘 자네의 삶을 지켜봤네.

안젤라　보시기만 하셨죠.

천사　… 천사는 그런 존재라네. 안젤라. 듣고 지켜보는.

안젤라　제 울음을 듣고 비명을 들으셨다면, 이렇게 돌부처처럼 구실 순 없을 겁니다. 사랑은 애저녁에 버렸어요. 이제 와 바라지도 않습니다. 그런데 딱 하나, 한이 남아요. 평생토록 오르가즘을 한 번도 맛보질 못했습니다. 제가 그것마저 버려야겠습니까? 살게 해달라는 것도 사랑을 달라는 것도 아닙니다. 그게 그렇게 어렵습니까? 천사라서요? 수호천사가 뭔데요? 저 위에서 염불이나 외고.

천사　염불은 하지 않네.

안젤라　저 위에서 퍼덕거리며 우아하게 기도나 하셨겠죠.

천사　이보게, 안젤라. 나라고 괴롭지 않았겠나? 하지만 전지전능한 건 내가 아니라 신일세. 나는 지켜보고 기도할 뿐이라네.

안젤라　것도 답답한 팔자네요. 손발이 묶인 채 고통을 지켜봐야 하는 건 고문이 아닙니까?

천사　속이 타들어가지. 눈물로 날개가 척척해져. 그런데 어쩌겠나, 난 고작 천사인데. 때론 말이야, 천국을 박차고 지옥으로 간 루시퍼의 심정을 이해할 것도 같아. 차라리 지옥으로 떨어져 함께 고통 속에 뒹구는 것이 낫겠다는 (멈칫) 내가 지금 무슨 불경한 소리를. (급히 성호를 긋는다)

안젤라　천사님. 제가 그 답답함을 해소시켜드릴 수 있습니다. 그저 듣고 지켜보는 것이 아니라, 몸으로 직접 실천할 기회. 지옥도 마다하지 않겠다는 루시퍼의 용기를 생각하면, 그깟 오르가즘쯤이야 대수겠습니까?

안젤라, 천사의 손을 잡는다.

안젤라　함께 갑시다, 천사님. 저도 천사님이 그 무력감에서 벗어나도록 제 한 몸 불태워 보겠습니다. 자, 지옥의 불구덩이를 아랑곳하지 않는 뜨거움으로 우리 함께 거사를 치러냅시다.

천사　안젤라….

안젤라　신께서도 허락하신 일 아닙니까! 정녕 신의 뜻을 등지는 타락천사가 되려 하십니까?

천사　오, 주여.

안젤라　이 일을 무사히 치러내면, 천사님도 저도 분명 달라질 겁니다. 이것이 우리에게 주어진 마지막 기회입니다, 천사님. 전지전능의 능력이 없더라도 천사님의 권능을 땅에서 발휘할 절호의 찬스입니다.

천사, 하늘을 올려다본다.
한 줄기 빛, 좌식 룸을 네모지게 비춘다.

안젤라   지복을 주시옵소서.

안젤라, 좌식 룸에 올라간다. 빛 안에 든다.

안젤라   천사님을 맞으려, 아래위로 속옷도 마련했지요.
천사   …….
안젤라   (반듯이 누워) 저는 준비가 다 되었습니다.
천사   하지만 안젤라여, 천사들은 육신이 아니라 영혼을 돌보는 존재라네.
안젤라   (천장 보며) 고기 근수를 다. 올라왔다 내려가고, 내가 정육점 저울도 아니고. 그땐 둘 다 서툴러서. 애 낳고 드디어 뭐가 오나, 오나 싶었는데 남편은 갔습니다. 오십 여년을 아이 둘 키우고 밥벌이에….

빛은 사라지고 어둠의 구덩이 안에 홀로 누운 안젤라, 울먹인다.

천사   안젤라여. 눈물을 거두게.
안젤라   (몸을 일으키며) 불 끌까요? 천사님.

천사　　(흠칫) 정말 이 방법 밖에는 없는가? 다른 소원은 없는가?

안젤라　… 죽은 막내야 곧 만날 테고, 그럼 이 가슴에 덩어리를 없
　　　　애주시렵니까?

천사　　… 그건… 내 권한 밖일세.

안젤라, 몸을 일킨다.

안젤라　그럼, 지구라도 한 바퀴 돌아 시간을 돌려주시렵니까?

천사　　난 슈퍼맨이 아닐세.

안젤라　천사님은 처음부터 끝까지 절 실망시키는 군요. 수호천사
　　　　라는 직함이 부끄럽지 않으십니까?

천사　　그래, 안젤라, 자네에게는 자식이 둘 있었지? 그들에게 축
　　　　복을 내려주겠네.

안젤라　말로 때우는 축복은 됐습니다. 뒷바라지도 할만치 했습니
　　　　다. 이제 지들 몫이죠. 이제 절 좀 아껴주면 안 되겠습니까?

천사　　나는 그대의 수호천사 누구보다 그댈 아끼네.

안젤라　고통을 견디라 말고, 기쁨을 주시면 안 되겠습니까? 죄를
　　　　고백하라 말고 기쁨을 노래하게 해주시옵소서. 저에게 황
　　　　홀한 추억 하나 간직할 자격이 없습니까?

천사　　… 안젤라여

안젤라　저 곧 갈 텐데, 정말로, 죽어도 안 되겠습니까? 수호천사
　　　　님. 기왕 가는 거라면 저 구름 위로 뿅 가게 해 주옵소서,
　　　　천사님. 빛을 주소서, 천사님.

숭고한 효과음과 함께, 빛줄기가 안젤라를 비춘다.

안젤라　(성호를 그으며) 하느님 아버지, 제발 이 버림받은 영혼을 돌보소서. 아베 마리아. 아베 마리아.

천사　뜻이 정 그러하시다면⋯ (고개를 숙이고) 알겠네, 안젤라.

안젤라　주의 폭포 소리에 깊은 바다가 서로 부르며 주의 모든 파도와 물결이 나를 휩쓸었나이다.

천사　잠깐, 안젤라. 사실은 고백할 게 있네.

안젤라　도대체 언제까지 머뭇머뭇 뜸만 들이다.

천사　(끊고) 실은 말일세, 내가 300살이건만. 그 분야에선 숙맥이라네.

안젤라　⋯ 아직 한 번도.

천사　미안하네, 안젤라.

안젤라　괜찮습니다. 누구에게나 '첫'은 있는 법이니까

천사　(일어서며) 아니야. 내 최선을 다하겠다고 그대에게 약속했네. 이렇게 얼렁뚱땅 해치울 순 없어.

안젤라　하지만⋯ 시간이 얼마 남지 않았는데.

천사　(문으로 향하며) 자넬 실망시킬 수 없네, 안젤라, 청컨대, 나에게 학습과 훈련의 시간을 허락해주게.

안젤라　달아나시려는 겁니까?

천사　믿어주게, 안젤라. 나는 그대의 수호천사, 절대로 그대 곁에서 떠날 수 없는 존재이니.

천사, 바바리 자락을 휘날리며 퇴장한다.

안젤라, 몸을 일으켜 평상에 앉는다.

시침이 움직이는 소리 들린다.

안젤라, 멀거니 시계를 바라본다.

몸을 일으켜 무를 꺼내 닦는 등, 깍두기 담는다.

성당의 종소리가 들린다.

천사, 등장한다.

안젤라 (손을 옷에 문지르며) 오셨군요, 아니 그런데 왜 이렇게 빨리.

천사   인간의 시간과는 달라. 천사의 시간은 번개와 화살처럼
흐른다네. 자, 준비를 마쳤다네, 보시게, 안젤라여.

등 돌린 천사, 안젤라를 향해 바바리를 펼친다.

안젤라 (무를 들고) 아니, 그것은 무엇입니까… 천사님.

천사   여러 인간 남성에게 자문을 구했다네. 장비부터 갖춰야
한다고.

안젤라 (무를 흔들며) 몽둥이는 사람을 때려잡을 때나 쓰는 것이지
요, 천사님.

천사   굵기와 길이, 강도, 삼위일체를 갖췄건만.

안젤라 본디, 타고난 것을 변명거리로 삼는 사내들이나 물량공세
타령을 일삼지요.

천사   내 듣기엔 여자들이

안젤라   (끊고) 쌈박질할 땐 상대가 가장 발끈할 부분을 노리는 법이지요. 게다가 노력하지 않으려는 자들은 늘 갖고 태어나지 못한 것을 핑계 삼곤 하지요.

천사   나도 버거웠네. (허리를 두드리며) 그럼 어쩌란 말인가?

안젤라   제가 어찌 알겠습니다. 그건 천사님의 몫이지요.

천사   알았네. 좀 더 연구해 보겠네.

천사, 퇴장한다.

안젤라, 깍두기를 담고,

무대 전면에 유명한 에로틱한 영화의 영상이 흐르고

천사, 느끼한 남자 주인공을 흉내 내며 등장한다.

안젤라, 고개를 저으면 천사, 시무룩해서 퇴장한다.

안젤라, 도마에 무를 놓고 깍둑썰기를 하는데,

천사가 채찍과 가면을 쓰고 등장한다.

채찍을 휘두르며 오두방정을 떤다.

안젤라   (부엌칼을 들고 돌아선다) 지금 뭐하시는 겁니까?

천사   (물러서며) 아닌가? 아닌가? 이건 아닌가? 영화에서 자매님들이 참으로 좋아하던데. 신을 부르며 받은 신음을.

안젤라   그거 연기하는 겁니다. 다 가짜예요. 거기, 양파 자루 좀 이리로.

천사   (양파자루를 옮기며) 그 표정, 그 소리, 그 땀방울, 그 현란한 몸짓이 모두 연기였단 말인가? 대단하이.

안젤라, 오르가즘을 연기한다.

천사   안젤라… 자네….

안젤라 (문득, 부끄럽다. 의뭉 떤다) 아이고, 기운 빠져. 깍두기도 담가야 하는데 뭔 뻘짓을 하는 건지. 이게 다 천사님 탓입니다. 아니, 그런 건 왜 보고 오셔서.

천사   (평상에 걸터앉아) 영화를 거의 수백 편 봤어. 천사장님이… 혀를 차시더군. 다른 천사들이 날 보고 빨간 천사라느니, 야동천사라느니 놀려댔지만 난 자넬 떠올리며 참았다네. 그 중 가장 자극이 강한 것을 엄선했는데.

안젤라, 천사의 등짝을 후려친다.

안젤라 아프죠?

천사   나는 제법 고통과 환란에 강하다네.

안젤라, 힘차게 후려친다.

천사   아파, 아파, 아아아.

안젤라 천사님, 천사님, 아이고, 이 미친 여편네가 천사님에게 뭔 짓을 한 거야.

천사   아팠어. 지금 아팠어. 이런 거 통증이군. 그래 고통, 고통을 느낀 거야! 나도 드디어 느끼게 된 거야. 인간의 고통을.

고맙네, 안젤라.

안젤라, 양파를 건넨다.

안젤라   천사님. 어디 가서 그런 소릴 하면 엄살떤다고 욕만 먹어요. 인간의 고통이라니. 진짜 고통이 뭔지 진짜 모르시는군요. 300살이나 자신 분이 애도 아니고.

천사   (양파를 깐다)… 그러게 말일세. 나도 아네, 기쁨을 주지도 못하고 고통도 느끼지 못하는 나 같은 수호천사가 무슨 소용이 있겠나. (고개를 수그린다)

안젤라   천사님? 천사님? 지금 우시는 거예요?

천사   (고개를 돌리고 훌쩍) 맵네.

안젤라   (천사의 얼굴을 돌리며) 봐요, 눈이 빨갛잖아요.

천사   그건 영화를 너무 많이 봐서 그러네.

안젤라   (천사의 눈을 빤히 보며) 아롱이를 닮았어요.

천사   아롱이?

안젤라   제 동무였던 송아지요. 동무고 식구고 일꾼이었는데 천사님 눈이 멀뚱하니 닮았어요.

천사, 안젤라를 빤히 바라본다.
안젤라, 천사의 목을 끌어안고 머리를 쓰다듬는다.

안젤라   (당황) 내가 이럴 때가 아니지. 내일 장사하려면 깍두길 담가야 하는데.

안젤라, 자리를 피하려고 평상에서 내려가려는데, 슬리퍼 한 짝이
보이질 않는다.

안젤라   어딜 갔지?

천사, 슬리퍼 한 짝을 금방 찾아낸다.

안젤라   천사님이 숨기셨구나.
천사   난 늘 자네 곁에서, 자넬 지켜보고 있다네. 자네 것이라면
신발 한 짝도 놓치질 않아.

천사, 슬리퍼를 안젤라의 발에 신겨준다.
안젤라, 그런 천사의 목덜미를 내려다본다.

천사   내가 준비한 게 하나 더 남았는데 안젤라, 자네의 도움이
필요하네. 일단 벽에 붙어서면 내가.

천사, 몸동작으로 벽치기를 시연한다.
안젤라, 슬쩍 빠져나오면서 천사의 손을 잡아끈다.
둘은 춤을 춘다. 아름다운 시간이 흘러간다.
안젤라, 기침을 터뜨린다.

천사 안젤라, 가슴이, 또 가슴이 아픈 겐가?

안젤라 이놈의 가슴이 또 말썽을 부리네요. 천사님… 모든 게 이미 늦었는데.

천사 아닐세, 안젤라. 내가 다른 방도를 찾아보겠네. 그러니 조금만 더 기다려 주게나.

안젤라 기다리겠습니다, 천사님. 너무 늦으시면 안 됩니다.

천사, 바바리 자락을 휘날리며 퇴장한다.

안젤라, 평상에 앉아 자기 발을 내려다본다.

밖에서 고양이들의 울음소리가 들린다.

안젤라, 노래를 흥얼거린다.

물장구를 치듯 발을 번갈아 까닥거린다. 웃는다.

몸을 일으켜 가게 구석에 쌓아둔 상자로 간다.

식자재를 포장했던 종이 상자를 펼친다.

주위를 둘러본다. 적막하다. 시계의 초침과 분침이 움직이는 소리만 들린다.

밖에서 차가 지나가는 소리.

안젤라, 고개를 든다.

취객의 노랫소리가 들린다.

구토하는 소리가 이어진다.

안젤라, 절름거리며 가게 밖으로 나간다.

안젤라 (목소리) 더 두드려줘? 좀 괜찮아졌소?

안젤라, 절름거리며 돌아온다.

상자를 줍는데, 무릎이 아프다.

좌식 룸으로 돌아가 바지를 걷어 올린다.

파스를 꺼낸다. 가위로 자른 후 붙인다.

아픔이 가시질 않는다. 무릎을 쓰다듬다가 절구를 주섬주섬 끌어
온다.

천사, 바쁘게 등장한다. 인도풍 의상을 걸쳤다.

안젤라   (기침을 참으며) 드디어 오셨군요, 천사님!

천사   내, 불교 쪽 극락에 유학까지 다녀오느냐 좀 늦었네. 하하
하, 기대하게나, 안젤라여, 내, 카마슈트라 마스터에게 궁
극의 기술을 배워왔다네.

천사, 풍차 돌리기 체위를 시연한다.

안젤라가 마늘을 빻은 속도가 빨라진다.

천사   (헐떡이며) 안… 안젤라. 안젤라….

안젤라   (헐떡이며) 천… 천사님. 안젤라를 잡으실 작정입니까.

천사   아… 인간 자매님을 만족시키는 건 쉬운 일이 아니군.

천사는 지치고, 안젤라도 픽, 쓰러진다.

천사   어이구, 내 허리 (비틀거리며 좌식 룸에 앉는다) 허리, 무릎…

어이구, 삭신이.

안젤라   (파스를 꺼내) 웃옷을 좀 위로

천사   안젤라, 안젤라, 숨부터 고르고.

안젤라, 천사의 웃옷을 올린다. 천사 부끄러워서 어쩔 줄 모른다.

안젤라   제가 설마 상대는 준비도 안 됐는데 다짜고짜 덮치기야 하겠습니까? (안젤라, 천사의 허리에 파스를 붙여준다) 절, 그런 금수만도 못한 할망구로 보셨다니, 섭섭합니다. (파스 붙인 데를 손바닥으로 철썩철썩 때리자 천사, 움찔거린다) 어때요? 시원하시죠? 천사님.

천사   (음미한다) 초가을, 들녘의 바람이 내 몸 속으로 숨을 불어넣고 있다네. (벌름벌름) 이 박하 향. 박하 향. (천사, 시무룩해진다)

안젤라   왜 그러십니까? 천사님, 떼 드릴까요?

안젤라가 파스를 뜯어내려하자, 천사 고통스럽게 몸을 비튼다.

천사   괜찮네, 안젤라.

안젤라   (어깨를 두드리며) 애쓰셨습니다. 천사님. 하지만 상대를 배려하지 못하는, 무리한 기술은 자기만족에 불과하지요. 천사님, 저를 보세요, 제가 몇 살로 보이십니까?

천사   … 자매님들이 나이를 물을 때마다 시험에 드는 것 같아.

안젤라   천사님. 뭐 하나만 여쭤 봐도 될까요?

천사　　무엇이든, 난 언제나 준비되어 있다네, 안젤라.

안젤라　(가리키며) 그 천사 님 등에 상처, 불에 덴 것 같은… 화상 자국.

천사　　… 날개가 있던 자리라네.

안젤라　왜 날개가… 혹시 무슨 잘못이라도 저질러서, 벌이라도 받으신.

천사　　(하늘을 올려다본다) 죄, 그래 벌. (기억 속을 거닐 듯) 그날은, 눈이 펑펑 내렸지. 지독하게 추웠어. 어떤 옷으로도 추위를 막지 못했지. 눈물도 얼어붙고.

안젤라는 선반에서 뱀술 병을 내린다.

안젤라　와서, 앉으세요. 천사님.

테이블 위에 잔을 올린다.

천사　　이게 뭔가?

안젤라　뱀 술 한 잔 걸치시면 속이 후끈거릴 겁니다.

천사　　포도주는 없나?

안젤라　(따라주며) 텔레비전에서 봤는데, 양조장에서 술을 만들 때 증발이 되는 게 있어요. 그걸 천사들의 몫이라고 한대요. 쭉 들이키세요.

천사　　(비우고)… 역시 뱀은… 독하군. 난 천사야, 뱀 따위에게 질

순 없지! (한 잔 더 급히 따라 마신다)

안젤라 어떠세요? 저 아래로부터 불이 훗훗하게 올라와요?

천사 (고개를 저으며) 쉽지 않아. 천사 노릇이 쉽지가 않아요.

안젤라 내가 말입니다, 메마른 게 아니에요, 일생 절제하며 살아서.

천사 내가 인간 용어로, 인턴, 뭐 그쯤이라 서툴러요. 내게 늘 바라고 원하는데 행복해지고 싶다, 걱정 없이 살고 싶다, 늘 충만한 마음으로 살고 싶다. 그게 가능해?

안젤라 불가능하니까 꿈꾸는 거겠죠.

천사 게다가 애매모호해. 행복을 원한대. 그래서 행복이 뭐냐고 물으면, 걱정이 없고 충만한 거래. 걱정 없고 충만한 게 뭐냐니까, 그게 행복이래. 뭘 어쩌란 건지.

안젤라 제 행복은 분명합니다, 천사님.

빗소리가 들린다.

천사 (잔으로 탁자를 두드리며) 그런 것들 대개 땅에선 실현되기 어려운 것이야.

안젤라 사람마다 행복은 제각각이겠죠. 각자마다의 행복을 찾아 주는 것이 천사의 임무 아닙니까?

천사 저도요, 귀를 기울이고 지켜보는데요. 그러다 보면 마음만 아프고 속은 쓰리고. 해줄 수 있는 일엔 한계가 있고. 난 신이 아니야, 고작 천사라고. (훌쩍거린다)

안젤라 천사님, 우리 진심게임 할까요?

천사   천사는 늘 진실만 말한다네.

안젤라   (머리를 가리키며) 진실이 아니라 (가슴을 가리키며) 진심이요.
            허심탄회하게 속내를 털어놓는 거지요.

천사   고해성사 같은 건가? 그건 내가 아니라.

안젤라   (끊고) 저, 사실은 하느님은 쪼끔만 믿어요.

천사   오, 주여!

안젤라   애초에 성당도 무덤을 준다기에 다녔습니다. 장례식에 손
            님이 없을까봐 꾸역꾸역 나갔습니다.

천사   못 들은 걸로 하겠네, 안젤라.

안젤라   뭔가를 믿는 사람들이니까. 믿음직하지. 그런 사람들한테
            배웅 받으며 떠나고 싶으니까. 그게 제 마지막.

천사, 고개를 숙인다.

안젤라   우세요? 천사님. 아니, 울긴 왜 울어.

천사   날개가 있던 자리가… 비가 오면 욱신거려요.

안젤라   날개는, 영영 사라진 거예요?

천사   버렸다오.

천사, 일어난다.

천사   그 아이는… 나에게 죽여 달라고 했어요. 너무 고통스럽
            다고, 이 고통을 끝내게 해달라고.

안젤라   ······.

천사   천국으로 보내달라고··· 천사가 인간의 목숨을 거둘 순 없어요. 다만 지켜볼 뿐, 그 비명을 듣기만 해야 하는데. 고통스럽다고, 너무 아프다고 제발 끝나게 해달라고. 저는 어쩔 줄 몰라, 그 아이를 끌어안았어요. 허우적거리던 그 아이의 두 손이 제 날개를 잡아 당겼어요. 이불을 끌어당기듯. 그래서.

안젤라   날개를 벗으셨군요.

천사   가진 건 날개뿐이니까. 그걸로 아일 감싸주었어요. 깃털 무덤 속에서 그 아이는 숨을 거뒀어요. 근데요, 안젤라, 그건 그 아이를 위해서가 아니었어요. 더는 보고 싶지 않았어요, 더는 그 비명을 듣고 싶지 않아서.

천사, 연잎 아래 숨은 새처럼 웅크린다.
안젤라, 천사 곁으로 간다.

안젤라   소는 머리부터 꼬리까지 버릴 데가 없다고. 끝까지 먹어 치워주는 게 예의라고 마지막에 마지막까지 최선을 다해 줘야 한다고.

천사   나같이 바보 같은 천사가 무슨 수호천사야. 이렇게 무능하고 추레한 천사가 어딨어.

안젤라, 천사를 쓰다듬어준다.

안젤라　그래도 말이에요, 천사님. 그 애가 마지막으로 본 건 천사였어요. 혼자 쓸쓸히 가지 않았으니 얼마나 다행이에요. 컴컴한 밤, 별처럼.

천사　안젤라 자매님. 저는 끝까지 차마, 봐주질 못했어요.

안젤라　(천사의 손을 잡으며) 절, 위해 이렇게 애써준 사내는, 천사님이 처음이에요.

　　　　천사와 안젤라, 마주본다. 안젤라, 발그레하며 손을 슬며시 뺀다.

안젤라　(손을 주무르며) 이제껏 내 몸뚱이에 뭐가 붙었는지도 모르며 살았어요. 손이야 양파 까고 설거지하는 거, (무릎 어루만지며) 도가니는 닳고, 가슴은 젖먹이다…. (가슴께를 누르며 몸을 구부린다)

천사　안젤라 자매님!

안젤라　저, 멀쩡해요, 천사님. 그냥 좀 지쳐서 그래요.

　　　　안젤라, 지친 암소처럼 바닥에 눕는다. 트림을 한다.

천사　아무래도 무리를 하셨나 봐요.

안젤라　좀 쉬면 괜찮아지겠죠.

천사　(안젤라의 머리를 쓰다듬으며) 근데 말이요, 안젤라. 사람들은 자기가 정말 뭘 원하는지는 진짜로 모르는 것 같아.

천사, 몸을 일으킨다.

천사 기다리시게, 안젤라, 내 마지막까지 최선을 다할 테니.

천사, 퇴장하려는데,

안젤라 천사님.
천사 왜 그러나, 안젤라
안젤라 맨발로 다니지 말고, 그거 신고 가세요.
천사 천사에게 신발 같은 건 필요 없다네, 안젤라.

안젤라, 몸을 일으켜 천사에게 슬리퍼를 신겨준다.

안젤라 발 시려. 춥게 다니지 말고

천사 떠나려다 돌아선다.
잠시 안젤라를 보고 퇴장한다.

조명, 희미해진다.
어둠 속에서 안젤라, 잠에서 깨어난다.

안젤라 천사님? 천사님

안젤라, 평상에서 일어나 천사를 찾는다.

혼자서 춤을 춘다.

지쳐서 평상에 오른다.

몸을 태아처럼 움츠린다.

안젤라   아무도 없어, 깜깜해… 너무 추워….

안젤라, 바닥에 눕는다.

종소리, 울린다.

천사, 등장한다. 차림새는 달라졌다.

천사   A는 애무, B는… 머리 어깨, 무릎 팔, G는 G 스팟! (죽은 듯
누워 있는 안젤라를 발견한다) 안젤라, 안젤라 자매님!

천사, 안젤라에게 간다.

천사   안젤라, 안젤라
안젤라   오셨군요, 천사님. 물 좀.

천사, 냉면그릇에 물을 받아 온다. 안젤라에게 물을 먹인다.

안젤라를 끌어안는다.

안젤라   노래 한 곡만 불러주세요, 천사님.

천사, 노래한다.

안젤라   노래를 참, 못 하시네.

천사   안젤라, 내가, 내가 진짜로.

안젤라, 천사를 쓰다듬는다.

안젤라   애썼지. 애썼어요. 내 알아요, 수호… 천사님. 고마워요, 끝까지 곁에 있어 줘서.

냉면 그릇이 빛을 받아 반짝거린다.
안젤라와 천사의 시선, 빛을 향한다.
안젤라, 천사의 품에서 숨이 스러진다.
천사, 안젤라를 정성껏 어루만진다. 염을 하듯, 애무하듯.
이마와 뺨, 머리카락… 그녀의 지친 무릎을.
빛이 천사와 안젤라를 감싼다.

막.

한국 희곡 명작선 144

저마다의 천사

초판 1쇄 인쇄일   2023년 11월 20일
초판 1쇄 발행일   2023년 11월 29일

지 은 이   김나정
만 든 이   이정옥
만 든 곳   평민사
　　　　　서울시 은평구 수색로 340 〈202호〉
　　　　　전화 : 02) 375-8571 / 팩스 : 02) 375-8573
　　　　　http://blog.naver.com/pyung1976
　　　　　이메일   pyung1976@naver.com
등록번호   25100-2015-000102호
ISBN　　　978-89-7115-109-9   04800
　　　　　978-89-7115-663-6   (set)
정　　가   7,000원

이 책은 사단법인 한국극작가협회가 한국문화예술위원회의 2023년 제6회 극작엑스포
지원금을 받아 출간하였습니다.

한국 희곡 명작선

한국희곡명작선

《한국 희곡 명작선》
모든 작품 목록 및 소개 찾아보기

값 7000 원
04800

9 788971 151099

ISBN 978-89-7115-109-9
ISBN 978-89-7115-663-6 (세트)